走到鱼鳞塘的尽头

李平◎著

U0749746

浙江工商大学出版社
ZHEJIANG GONGSHANG UNIVERSITY PRESS
·杭州·

图书在版编目（CIP）数据

走到鱼鳞塘的尽头 / 李平著 . — 杭州 : 浙江工商
大学出版社，2020.10
ISBN 978-7-5178-4095-4

Ⅰ.①走… Ⅱ.①李… Ⅲ.①诗集－中国－当代
Ⅳ.①I227

中国版本图书馆CIP数据核字（2020）第168296号

走到鱼鳞塘的尽头
ZOU DAO YULINTANG DE JINTOU

李平　著

责任编辑	张晶晶	
特约编辑	李大军	
封面设计	大漠照排	
责任印刷	包建辉	
出版发行	浙江工商大学出版社	
	（杭州市教工路 198 号　邮政编码 310012）	
	（E-mail:zjgsupress@163.com）	
	（网址：http://www.zjgsupress.com）	
	电话：0571-88904980，88831806（传真）	
排　　版	杭州大漠照排印刷有限公司	
印　　刷	杭州丰源印刷有限公司	
开　　本	880mm × 1230mm　1/32	
印　　张	6.875	
字　　数	138	
版 印 次	2020 年 10 月第 1 版　2020 年 10 月第 1 次印刷	
书　　号	ISBN 978-7-5178-4095-4	
定　　价	48.00 元	

序 言

读李平

梁晓明[①]

　　和李平认识很久了，但奇怪的是，最初那些年，却没有好好地读过他的诗。他来，总是会找一饭店，再叫上几个朋友一起喝酒，大家扯东说西，倒也热闹欢快。

　　近些年，李平加入了"北回归线"，因为微信群交流方便，便能不时地读到他的诗歌。说实话，读了之后有些惊讶，

---

　　① 梁晓明，现居浙江杭州。1988 年创办中国先锋诗刊《北回归线》。1994 年获《人民文学》中华人民共和国成立四十五周年诗歌奖。2009 年出席德国驻上海领事馆举办的"梁晓明和汉斯·布赫——一次中德诗歌对话"。2011 年出席在韩国首尔举办的"第二届亚洲诗歌节"。2014 年出席上海民生美术馆主办的"梁晓明诗歌朗读会"。2016 年参加东京首届中日诗歌研讨会。2018 年，诗集《用小号把冬天全身吹亮》入选《羊城晚报》花地文学全国十佳原创榜。2018 年，获第三届《山东诗人》颁发的"杰出诗人奖"。2018 年，获中国新诗春晚"百年百位新诗人物"称号。2019 年，诗集《印迹——梁晓明组诗与长诗》入选《羊城晚报》花地文学全国十佳原创榜。2019 年，获"名人堂 2018 年度十大诗人"称号。出版诗集《各人》《开篇》《披发赤足而行》《用小号把冬天全身吹亮》《印迹——梁晓明组诗与长诗》《忆长安——诗译唐诗集》。

因为李平虽外表朴素、个子不高，但说话、动作却很是豪爽，甚至豪放，有些梁山好汉的意味，按道理他的诗歌便也应该是激情加豪放一路的，但一读之下，却发现完全不是那么回事，他的诗歌精巧，甚至细密，比如这样的句子：

我经过的地方
有山、有海、有湖，每一处
都可以让我慢下来

——《春天素描》

落叶不会飞翔，只是代替风滑翔一会儿
匍匐的翅膀在消失之前
确曾有过
自己的影子

——《秋天的银杏》

不知为何，我读着这样的诗句，竟然会不知不觉好几次想起了意大利蒙塔莱和夸西莫多的诗歌，而蒙塔莱和夸西莫多却是极为典型的隐逸派诗人，而李平，又怎么会是隐逸写作这一路的呢？这勾起了我继续阅读的兴趣，于是慢慢地，就又读到了以下这段诗句：

坐在江边

已多时，还像未来时想象的样子

晨雾像手中的纸烟

柔和地燃烧，一道曙光意外地

献出纯粹的玫瑰色

——《长江尾》

在这里出现了"柔和、献出、玫瑰色"这样极为温柔温情的语言，充满了追思、感怀和深情。这真是另外一个李平，一个我以前从没注意到和想象到的李平，一个完全相悖于他那外在的粗放，甚至夸张的李平。那么到底哪一个才是真正的李平？

这使我又去看他的生平：李平，浙江海盐人，杭州师范大学物理系毕业，杭州"北回归线"成员，诗人，藏书家。我的眼睛在藏书家这三个字上停留了下来，因为我以前认识的李平是海盐一家有名的企业的副总经理，记得约二十年前，我们认识的第一天，他就豪放地说要送我一个千斤顶。我当时没车，所以对此很是迷茫，心想我要一个千斤顶干什么？但我却记住了他那热情豪放的友情，这件事也就给我留下了这样一个李平的印象。这几天看他的诗歌，反而推翻了以前的印象，一个新的李平凸显出来。展卷再读，忽然又喜欢上了这首诗歌：

祖　屋

我不是屋子里
唯一的居者
屋顶有麒麟，门口有狮子
它们，都是被石匠唤醒的神灵

在同一个屋檐下
有蚊子，必有喜蛛；有喜蛛，必有壁虎
这些外来的生命
是天生的冒险家，不请自来
填补我出门在外时
想象的空白

闲置的抽屉里
偶尔有蟑螂窜出来
乌黑油亮的身体长着翅膀
却从未见它飞过
如果踩死一只，就会有另一只爬过来
打破屋子的宁静

它们陌生、恐怖、讨厌
有时又显得迷人，帮我找到人间
缺失的平衡

在诗中，他关注屋顶的麒麟、门口的狮子，也关注蚊子和它的敌人，他把它们想象成外来的冒险家，他甚至还关心抽屉里的蟑螂，以及它们身上油亮亮的翅膀，他说："它们陌生、恐怖、讨厌 / 有时又显得迷人。"在"陌生、恐怖、讨厌"的后面，忽然又来了一句"显得迷人"，这样完全相反的情感体验，似乎突兀、跳跃，但读着却觉得作者写得很有灵性，特别是他最后又自然引出的"帮我找到人间 / 缺失的平衡"，从感性一下子跳跃到一种人生的感悟，对语言的把控很是自如，显示出一种不一般的诗歌功力。这其实是很不容易的，很多人一生写作都在向这样的自如把控的方向努力，这也并不是最终人人都能做到的。而诗中展开的那些情节，也让我很自然地想到了《浮生六记》：把草丛当作森林，把石块当作山丘，孩子正蹲着认真游戏其间，忽然来了一只"排山倒海的大动物"，原来是一只蛤蟆的情节，实在很是生动和极有趣味。

最后要谈的是一首写母亲的诗歌，写母亲的诗歌我们见多了，但李平写的这首《妈妈轻了》，却别具一格、举重若轻，很值得一看：

妈妈轻了，轻了，轻了
变成了一缕烟
飘到月亮上了
我抬头，看见天是黑的，地也是黑的

一盏亮了一辈子的小油灯
也耗尽了最后的一滴
在妈妈的床头熄灭了
只有最后的一绺白发是亮的
只有我的泪水是亮的
点点滴滴
记下了妈妈编织一生的粗布图案
深藏的温暖
记下了桑林、竹园、稻田的影子里
挂满的露水

妈妈轻了,轻了,轻了
轻轻地叹出
最后一口气
画完生命的第七十九个年轮
头一歪,把一本无字的书扔下了
把空了的脚桶、竹篮、箩筐和麻袋也扔下了
它们都跪着
为沉睡的妈妈送上一程
我也哭了
不是因为这世上
从此少了些阳光
而是因为月亮上多了些再也不会
飘下的炊烟

把妈妈的去世写得如此轻，同时又让人感到深切的疼痛，诗人完全是一个真挚的孩子，节制又充分地流露出一腔亲情，这实在是一首相当感人的诗歌。读到最后，我都忍不住含泪了：不是因为这世上 / 从此少了些阳光 / 而是因为月亮上多了些再也不会 / 飘下的炊烟。

这本诗集叫《走到鱼鳞塘的尽头》，鱼鳞塘应该是李平的家乡，走到尽头，再往前走，就是走到更广大的世界里去了，我相信走向世界的李平的前路是越来越广阔的。是为序。

2020 年 4 月 14 日于杭州翡翠城

目　录

发　呆

万物静谧
在同一韵律里呼吸
那些低矮的植物
必须匍匐才能看到：刺蓟、苍耳、苘麻
何首乌、曼陀罗、旋覆花……
仿佛来自不同的星球
开花结实后
在山上，将自己天葬

一年只开几天的花
一生只开一次的花，白的、黄的、紫的
以及说不出来的、一碰就落的花
你接得住吗

海那边是山

山那边是湖
落日的尽头是青灯
这些神性的东西，也是人性的东西
和我的惶恐融合在一起
偌大的湖面
突然亮起来，那些留白
应该是一个空镜头，正为我加持

我坐在湖边
点了一支烟，恍然多出了一个人间

登高阳山

走在山中
只见一块块发亮的石头
在脚下，像一个个沉默寡言的家伙

鸟鸣随山径盘行
比斑地锦更娇嫩的瓦韦
钻出石头的缝隙，并对一只金龟子
产生巨大的吸引力

我并不知道一年蓬的悲伤
跑丢的苍耳
正在寻找它的路人
风中的灌木，持续发出自己的声音
只是为了消解体内
乏味的成分……

登上山顶
那么多植物
香附、泽漆、桔梗、紫花地丁……一个也看不见了
我有瞬间的惶恐：
深知世上的每一个拥抱
都将以松手告终

林　子

一片林子的不安，也是
人的不安，它的枝条在风中晃动
划伤阳光和空气
吱嘎作响的声音，类似于
水的颈椎病

它过于纠结散落的叶子
和花瓣
无数个我的影子
出现又消逝，是不是
正在某个地方，哀悼我的过去
肢解我的旧灵魂

当我走出这片林子
一只蜘蛛、无数只蜘蛛，正在大地上
结着绊人的网

春天素描

我经过的地方
有山，有海，有湖，每一处
都可以让我慢下来

平缓的山坡上
依次长着蕨菜、春笋、枇杷，没有一种
让人感觉油腻
路边的落叶有点凌乱
但并不肮脏
风吹草木，每一块石头都在山里
活过来

空旷的沙滩
醒目的卵石，沉甸甸的
有一种活过时间的通透和圆润

混浊的潮水里
没有一条鱼放弃向深蓝游动
一群白鸟飞过
让我闲置多年的心找到了空缺

天色转暗
气温越来越低
长长的影子里，我就是那个
跟在鸟群后面的人
却并不知道，如何穿过人生的中间地带

紫气东来

一整个下午，东南风
抚摸我的脸，它的犹豫，让我
对自己不再自信
其间，我吃了一只苹果
喝了一杯水，给不断到来的饥渴和空虚
些许安慰

我注意到
远去的布谷声里有新闻
田野、河流、山冈的起伏里有真相
美好的春天里
习惯了黑暗的事物，更宜从黑暗中走出

一小块发绿的草坪
让我欢喜

一本合上的书
让我圆满
再没有什么好恐惧了
有多少尘土让禾苗生长
就有多少尘土让灵魂安宁

对于身边的人，我是唯一
对于离开的人，我是多余

海盐一日

你发现没有
在海盐，几乎看不到我的存在
在白天
我是车流的一部分
夜晚，我是灯光的一部分
只有久居的抱琴苑
在月光下，渐渐滋生怀旧的表情
装满我爱过的东西

偶尔一个人
在海边走走
退潮后的沙滩，银光闪闪
仿佛尘世的混沌，已被它们带走
留下一片纯粹的、寂静的
富有节奏的空间

每一粒沙子里

都有我失去的东西

像一个质数，自己被自己整除

意 外

窗外的栀子花开了
一个早晨因看见它，而多了些光
奔跑的风
停留在它的身上
不再想着超越的时候
悄悄完成自己
不在此处的光彩、无法触及的暗影
比此刻的现实
有着一种更为久远的存在
让活着的瞬间
不再经历死亡
我坐在窗前
就像一杯白开水在疾驰的
高铁内静止，储满沸腾的时间

雨　水

一滴雨落进土里
就有了筋骨，有了宅心
也可以这样说
一滴雨，让万物从荒凉中站立起来
使这个倾斜的世界
免于颠倒

雨同样活在我的脸上
我的眼睛、喉咙、心跳里，充满了
雨的消息
所有的雨挤在一起
只为了看一眼
我的倒影

我就是一口

这样的大水缸
这样的一台达利的钟、一盒卡佛的烟
偶尔的风寒
让我看清昨天和明天

与伊甸一起散步

"人到中年，一定要小心，
"一场小病，就可以让你瞬间进入
"风烛残年。"

这是老伊的说法。那天
我们漫步在鲍公堤，永安湖上夕光点点
仿佛一朵朵金蔷薇
开在湖面上
两岸的倒影，像另一个世界
回到现实中

"宁静是美好的，
"没有任何东西，胜过灵魂的自由。"
老伊的语气
还像二十年前初见时那么肯定

他清淡的胃口

让我想起山间的竹笋

湖里的莲藕

尽管多年的胃疾，让他所爱的东西

越来越少

但并不影响它们

在我眼里的纯净和高贵

清　静

从永安公墓下来
突然变得清静。波澜不惊的永安湖
不见一丝苍老
白鹳和东方鸧在这里歇脚
不是一只只，而是一对对，活生生的
有着比留鸟更美的仪式感
让我忘记了
作为一个人的孤单

布满沙砾的湖畔
很快出现了植被，环湖的花全开了
每一种杂草
都叫得出我的绰号

风吹湖面，一遍遍

胜于我读过的书、写下的诗、见过的人
它还没有学会祈祷和忏悔
它的美才开始……
我蹲下来掬一捧、喝一口
仍有初次的愉悦

祝　福

门楣上的福字淡了
家燕们开始劳作，它们
只捡枯草和枯叶编织精致的燕窝
留下繁花
打扮泥土松弛的脸

簇拥的青草
有一张肉体的水床
让蜕皮的蛇
享受一个个春天的旋涡

水上的浮萍
很轻，却不断舒展自己的身体
把更多的水
藏在心里

我也撸起袖子
加入麻雀和蜜蜂散漫的行列
匍匐的雨，舔着我的脚底，一点一点
将我淋湿

文溪坞遇雨

阵雨刚刚下过
隐马山西侧
蹲在地里的卷心菜蒙着头
吊兰跳着太空舞
消逝的雨一无所有，强大的亲和力
足以让自己隐身万物

乡村公路
像剖开的新鲜树皮
座驾上的雨刮器，袖着手
不再扫视，刚刚撕去的多页履历

夕阳被淡淡的云彩遮挡
它的光芒
照不照都在天上

市井的烟火穿针引线，在文溪坞
派发一张张黑白明信片

在雨的显影和定影里
万物曝光
我是镜头里唯一的猎手，揳入吧
这双倍的空气
这有着复杂结构的弧形的空间

醒来的马
正隐身在我的方向盘上

嬉溪菜园子

晚霞映衬下
菜园子里的蝴蝶多了起来
在我到来之前，它们已翩跹了许久
在我到来之后
身上的保护色又多了一点

一个移动的博物馆
镇住了夏天的许多潮气
它们擦着黄昏，飞过吊兰
停在六月雪上，和一大片芦荟
处在同等的位置

我知道它们
刚刚翻过隐马山，循着嬉溪
找到这里

和周围的卷心菜相比
蝴蝶的色彩，显然要丰富得多

它们消失之前
并没有给菜园子增加多少分量
消失之后
也没有把我带走
只是让嬉溪的水位，涨高了一点

千亩荡

我有一位朋友
常年工作在千亩荡
是他指给我看，飞鸟的队列
体型最小的是鹧鸪，翅膀最长的是白鹭
野鸭总是抢先一步
占据湖心，成为二月的灵魂

辽阔的水面
像一颗巨大的绿松石
足够的给养，使鱼虾们相亲相爱
像云彩一样
扎下了根

常年的逡巡
让他的两袖灌满清风

并且很快，成为飞禽们的同伴
从生活的低处
回到高处，但始终和千亩荡的水
形影不离

乌丘塘纪事

风吹过人间
只吹动乌丘塘的一点点
柳枝上冒出的新芽，是它的注解

临水的窗子开着
水草间晃动着浣洗的影子
瓦楞上的苦楝花
做梦或心碎，都是风吹过的样子

活在乌丘塘
没有更多的事可做
每天在青石板上走走
采桑种麻、煮海为盐、酿豆成酱
日子也就慢慢染上了
苍茫的色泽

厚朴和紫荆在园里长着
石竹花和迷迭香在野外开着
我不知道江湖在哪里，生死的界限
又在哪里
我的魂
就寄居在雨后
那缕离我最近的阳光里

漫步乌丘塘

我就是你身边的散步者
朗诵者、赞美者，粼粼的波光
是我的回头率

朝圣桥静卧于居民区
镇海塔高过电视塔
树枝折断的风里，有十八层台阶
每一层，都是我的来路
和去路

我就是你身边的硫磺
硝石、木炭，节日的礼花
是我内心绽放的火焰

飞禽和走兽

像一首首藏头诗
在乌丘塘，完成抒情
草木和虫鱼
不用署名，也有辨识度

我走在你的另一边
一面无法打碎的镜子，让我
不再变丑

垂　柳

柳枝隐隐吐绿
柳芽开始萌动，我触到其中的一粒
过不了多久
它就会飞舞柳絮，怀着爱和恨
纠缠这个世界

几只没有调教过的鹡鸰
闹哄哄的，从柳荫里飞出来
穿河而过
带着自身的曲线和尺度
如果它们不出声
我不会意识到，彼岸的存在

很显然，此刻的柳树
有了新鲜的听觉和触觉，而不是

作为一根木头站着
即使空无一物，也比心事重重的我
自然得多

一个灵魂在等它的下一个化身

我醒来
看见雨在替我散步
在我常去的乌丘塘边，垂柳滴着水滴
迎春花又开了几瓣
路边的苍耳
探出头来……它们都在替我而生长
打开的五官
传递着雨水深处的光芒

雨的尽头
是想象的边界
通过变幻的色彩来实现爱的超越
并让我也化成水
再次证明自己
在万物中的存在

茶　道

新茶泡在晨光里
每一滴，都是逝去的瞬间
进入生命的过程
春风软软地靠在藤椅上，盆栽的兰花
尽展身姿，鼻尖轻嗅
自带一股淡水的真香，我这么做时
并不能在它面前
自证清白

一朵白云
从山间飘过
像突然出现在小号中的乐音
一滴露
从叶子上滑落
就是一个闪光的年代

鸟声、风声、木叶声，一道道光……
足够的好心情
就像我第一次戴上眼镜

当受难与恩典相遇
知足就是一件值得荣耀的事情

走到鱼鳞塘的尽头（组诗）

1

春色中
长长的风给了我想要的一切：
沁凉的丁字坝
有了回头潮
一小团泡沫，漫过我的脚踝
让旧的日子
吐露新的秘密

我不断地后退
只是为了与鱼鳞塘靠近
看看涌来的潮水
如何抹去幼鹭灰赭色的趾印
又让飞翔的翅膀，像不断生长的藤蔓

让我找到
可以攀附的地方

只有在这时
我才发现，风化的盐渍
已搁浅在鱼鳞塘的皱纹里，仿佛一片海
回到它的内心

2

太阳拖着霞光
从海平面升起，就像一家人
荣归故里

在这充满爱
和孤独的黎明
只有潮水，与鱼鳞塘耳鬓厮磨
只有盐与浪花
形影不离
不断搬行着阳光的行李
就像许多人身上
牺牲的美

沙滩上
不断有泡沫冒起

一些沙蟹在奔走，另一些安静下来
在瞬间的蜃景里，弥补
时光的空缺

如果不是走在海边
我能知道什么呢

3

涨潮了
鱼鳞塘上有重生的浪花的味道
像早晨的呼吸本身
那么多浪花
我只看见有限的几朵，隐忍而向上
发着自己的光

海在结晶
水在逃亡
半空中的蜃景
有着不同于现实的实体
让我吃惊又感激
灰雕鱼掠过闪光的水面
贻贝打着深蓝的补丁
那只飞走的朱鹮，连着遥远的童年

鱼鳞塘上的时光
乌龟一样漫长
每一块石头都在深呼吸
我走得很慢
似乎忘记了自己的存在

4

粉红的水螅
占据海边的木桩、浮标或缆绳
像千万朵绽放的鲜花
梭鱼，这个独行的猎人
搜寻着偏口蛤
小海星、绿海胆、海蛇尾
经过海水的洗礼
在直立的岩藻间
显得更加安全

沙钱和海星
从阳光和水的世界
回到晦暗的领地
而我，不过是一个介入者
即不会像海鸥那样俯冲，也不会
像燕鸥深潜

5

无人的鱼鳞塘
白鸥点点，仿佛在清点
鱼鳞塘上有几块石头，几个筑塘人的名字
再大的涛声
也不会惊走它们

我朝圣似地
受一束光的牵引
沿着鱼鳞塘走
仿佛一个人走在时光的深处
海洋和陆地在两边
既不会多一些，也不会少一点

从一个梦
到另一个梦
风吹过的鱼鳞塘
像一块灵魂的飞地，把我引向比人类
更古老的幽暗处
像海肾一样发光，贝冢一样
孕育柔软的灵魂

我的脚印无人知晓

6

走在鱼鳞塘上
仿佛走在大海的边缘
浪花闪着白光
好像刚刚翻了个身，等待蛏子、蛤蜊
和牡蛎的加入

这动荡的水
竟使短暂的瞬间，有了丰盈之感
一切生命之源
只能出自这深沉的乌有之乡
诞生的光亮

它们路过我
却未曾占据我的生活
只因我
身上的油烟味太重了
那就让我以一粒盐的身份，加入它吧

7

先收住脚步的总是阳光
然后是河流
在出海口，突然迷失它的走向

起伏的波浪
瞬息间的闪光，多么像一个个刚出生的灵魂
每一种，都有着明亮的
梦幻情调
那种熟悉的气味
让我对陌生的一切心怀感激

我缺爱，不轻盈
一直靠借来的时间活着
体内隐秘处的痛楚、震颤和狂喜
只有海葵柔软的触手
可以找到

汹涌的尘世啊
多么像一首压抑的小诗
需要我回到原地，像秀木，像弱水，像留鸟
轻声地读出
它的韵脚

8

我觉醒得晚
姗姗步入自己的黄昏
沁凉的鱼鳞塘
空无一人

护栏上的灯，如一只宁静的碗
盛满涛声
当然声音也是一种漂泊

远处的沙丘
落满枯枝，鸟羽，鱼骨，碎贝壳
一个个黑洞
收走白日的光
直到我进入，它们才无声地合上

那只漂流瓶
搁浅在薄薄的沙壁
那里有一座地下城市，一个小人国
里面的居民
几乎一个也看不到了

9

风从东面吹来
夕阳将一只海鸥的胸部
染成蔷薇色
退潮后的丁字坝
仿佛通往奇异世界的门槛

离我最近的水洼

荡漾的波纹
昭示着白羽鹬刚刚来过
也许还有几只樱蛤，藏在附近的污泥里

在红鹳惊飞之前
我走到离它最近的地方
看见一只海螺身上，细密的纹理
藏着不为人知的宁静
这一刻，除了风声、涛声，还有知更鸟
持续不断的叫声

一只沙蟹
换上春装，倚着它的肘弯
出现在洞穴的门口
独对大海
趋近生命的庄严

10

失眠的鱼鳞塘
每一块石头，都是月亮的子孙
碎裂的浪花，深深地扎进时间和梦境
就像死刑有了缓期，空虚
变成了财富

黑黝黝的礁石
因为我的注视，而有了潮汐的节律
在随后的沉默里
洁净我的心灵，祛除我的偶像

晃动的海水
看起来如此真切，宛若童年的摇篮
在重温那光线，气味
人群和房屋

我又能怎样呢
风起时，听听海的回声
风起时像稻草人一样哆嗦，直到那把
银色的剪子
把所有的影子
都薅走

11

满月牵引着潮水
降到低处，只留下海浪的痕迹
构成的精致的花纹
散落的水洼
仿佛一个个微型的海洋

礁岩上的笠贝

酷似当年

煮盐工遗失的帽子

成片的硅藻，一块块发光的小电池

照见一只幼鲨

穿过沙粒间隐秘的水洼

向深海爬去

鳗鱼回到原地

待在它熟悉的地方产卵

海蛰，海葵，马尾藻

避开喧嚣，正在另一个世界，为我

修篱种菊

12

裸露的沙滩上

弥漫着褐藻、蠕虫和水母的气息

海鸥踱着步子

搜寻鱼虾或贝类

一只沙蟹

挥舞着钳子，挖着深埋的蛤蜊

小蟾鱼

蜷缩在鳗草中

磷沙蚕在异常的声响中发出
诡异的蓝白光
更多的小精灵不见了
或许，它们正透过隐藏世界的窗帘
窥视人间

小小的水洼
闪着淡绿或古铜色的光芒
像一个个花园
把整个天空装了进去，连着遥远的海平线

我站了好久
沉迷于这奇异而脆弱的美
始终无法
靠近它们的边界

鱼鳞塘

从这里望出去
是东海的一部分
它的触角，试探着海岸线的深浅
它的掌纹混浊、粗粝，藏着
白花花的野心

我确信
每一次日出
不会是无缘无故的
它唤醒的可能是岛屿，也可能是一排
刚刚移栽的银杏
浪花的每一次拍打和撞击
也不会是无缘无故的
它试图建立的
正是那种柔软和坚硬之间的

亲密关系

我离开的时候
鱼鳞塘早已空无一人
最后的一朵浪花落在我身上
再好不过了，我对这个了无牵挂的早晨
感到满足

北沙滩湿地

耐心的秋风
正在驯化蒹葭和芣苢
荇菜的居所
清水缭绕，一派铅华洗尽的模样
萱草金色的翅膀
从愁绪生出

真是难得的好天气
我把剩下的活
忘在一边，走进这片湿地
模仿留鸟的口音，拨响心底蒙尘的琴弦
民谣里
谷仓已经诞生
杭州湾有了自己的口味

鱼鳞塘上
鸥鹭的翅膀，呈现诱人的古铜色
白塔山峨冠博带
一群潮水已完成成年礼

盐阻止了遐想
有时，天上之水给人的教益
比海水更直接

寄居蟹

最后一阵潮汐退去了
那只寄居蟹
还在沙滩上徘徊
好像在检查还有什么东西遗漏了
没有，没有什么东西遗漏
只是多了我这个人
以此证明，我
也是暂时寄居在世间的某种东西
填补着潮水退去后的空缺

那时，我已经
吃完晚餐了，而手头
没有什么可以抓住的东西
一只异性的手、一部可以打到
地球尽头的手机

都没有

但我是欢喜的
没有什么新的想法
也不再指望接下来的时光
还会有新的潮水，漫上我的脚踝
我静静地走着，或坐着
一个小小的舞台
沉醉在光影和声色消失后的空旷里
就像溺死的人透过海水
看到的那样

很可惜，许多人
连这一点也没有得到过

在海边

活在海盐
还是喜欢海边的生活
潮起潮落
长长的鱼鳞塘，从未被白蚁侵蚀过
百年一遇的台风
也只是轻雷，从身边滚过

我祝福过你
在泡桐花啜露的时辰
一朵咸湿的浪花，新鲜的一吻
也祝福过你，退潮后的气息
被白头翁驮走的色彩
和声音

波澜不惊的日子

我的体内
也没有多余的盐分
徘徊的我，只有一个伸缩的镜头
除了停留和消失
没有什么办法让你恢复原形

终有一天
我会返老还童，退回到摇篮里
像一只空空的海螺
放心地把灵魂抵押给你
那时除了你
身边再也没有别人了

亲　近

在大海看来
海岸边盛开的野花，沙滩上
栖息的候鸟
湿地里起伏的芦苇……
都是生命中不可或缺的一部分

静静的夜晚
它们围坐在月亮的周围
分享着彼此或平淡或传奇的经历
它们谈得很热烈
脸上有人间少有的红晕

它们喝着
和我一样的水
活在和我一样的泥土上

我却听不懂它们的话语

只因我在人群中待得太久了
再也无法与它们
融为一体……

爱 着

我爱着的时候
你在做什么呢

敕海庙以西
春风早早地
落在了一双清洁工的手上
南台头的波浪
宛如细碎的银两向杭州湾流去

那个与我擦肩而过的人
早已消失在匆忙的集市里
她的菜篮子里
那些荠菜、蕨菜、苦瓜和地衣
也曾与我相依为命
大街上

上学的孩子
上班的中年人、上医院的老人
也构成了我命运的一部分

小区里
一只鸟叫着银杏的名字
它叫得那么明亮，让寂寞的叶子
微微地颤抖
它又是什么时候飞出
我的身体的呢

微　笑

野火烧过后
复活的草，让每一个日子滴得出水来
它指认的废墟也是家园
穿过的沼泽也是天堂

褪色的绿是一种象征
借此可以想象，一个解甲归田的人
眼里的金龟子和蚱蜢
有多美

麻雀从榉树飞向柏树
完成生死
山神庙和海王庙燃起的香火
各敬各的神

我也可以在有炊烟的地方停下来了

看见老虎的斑纹

我就微笑

看见大海上扬的嘴角

我就点头

风吹过

风吹过大海
吹过教堂的尖顶
落在一棵瑟瑟发抖的树上

哦，已是深秋
金黄的叶子飘满我漫步的小区
如果我说
此刻的大地又沉重了一些
你信吗
如果我说
每个年轮就是一对欲飞的翅膀
你信吗

这么想着
天空仿佛又明亮了一些

我也变得空空荡荡

像一阵风

追赶着这世上并不存在的事物

迷 恋

过去我迷恋你
现在我只迷恋大海的气息
浪花碎裂时，无数个闪光的笑容

礁石不动、防波堤不动、天空也不动
我不清楚
浪花和泪水之间
到底存在着怎样的关系
也不清楚
一双怎样的手牵着你从春天
走向冬天

每次经过鱼鳞塘
都会遇见无数朵这样的浪花
湿透我的衣衫

像过去的你把我抱紧

让我觉得这个空旷的世界，一下子

沉重了许多……

孤　独

把孤独交给星空
也就有了孤独的心境
这尘世，有许多的江湖和边界
我，并未领略

一片叶子落下来
并不意味着秋天
一片雪也不能更改天空
阴暗的容颜

有时我捧着一本书
忘了时间
给远方的人写信
这个人
会很快出现在我的面前

孤独点燃的火焰

只有孤独可以熄灭

就像山上的草木有一句，没一句

道破一点点

山的秘密

现实一种

一天最好的时光
就是活在没有活过的时光里
打一个电话
无人接听
随着时间的推移
很快变成忙音
发一段短信
犹如祈祷
片刻的犹豫、停顿或转向
让我进入
时好时坏的天气
这似乎并不是什么坏事
等待的时间里
至少我可以读两行
《奥德赛》，听一首《安魂曲》

一个人从来不会

因相信而失去什么

只会因不信而错过许多……

丁香花开的时节

丁香花开的时节
铁石也有一副柔软的心肠
停在山坳的火车
像一截长着苔藓的粗木头
不知什么时候从眼里
消失了
水从山下流过
翻过山梁的风像一个有梦的少年
为一个个村庄描绘丹青

丁香花开的时节
每一个地址
都是陌生的风景
每一个名字
都有我说不出的温暖
弥漫在丁香花巨大的馥郁里

水源地

在旅行中
寻找无数个丢失的自己
让他们回家：码头、渡船、夜行列车
开放在深山的寮寨

面水的窗子开着
树梢的最后一片叶子还没落下
把一块石子投向平静的湖心
水没有移动
而波浪的形象在前进

低处的草丛吸引我，未曾干涸的
泉眼里的幻景
让爱过的名字历久弥新
并在我的身旁，占有一席之地

哦，我的水源地
含着铁
还带点硫磺
浸泡久居体内的病根
让我获得一种前所未有的东西
就像牧神刚从牧场归来
无须再看落日
已足够令人惊叹

如你所闻

苦楝花开了
我出门，把手搭在它的腰上
柿子树红了
我回家，把心藏在它的核里
我会对自己说，这些亲近的名字
值得我
在天涯和咫尺之间
一意孤行

如你所闻
我正在回归的途中
不在现实的家中，就在梦中的旅店
营造内心的园林
流水缠着小桥，银杏挨着女墙
发出历久弥新的清音

除此之外
我还会在山水之间
让天堑变成通途
即使大雾弥漫，也不会关闭
唯一的入口

荒废一生的是时间
不是我
我已变成看得见风景的房间

旅途中

必须在户外
必须在没有光的世界里
想象一束光
走神的一刻，一种超验的感觉
仿佛某种启示降临
生活的面目
承受它意图的力量

没有人分享我的所见
一块白田
开满了红蓼
一株水仙，正朝三个方向分蘖
一条河流失去了关节，每一次变形
都是奇迹

从时间上说

它们更像是幸存者

亲密中渲染了一种拒绝意味

井然的秩序，有一种几何学上的造型

就像我任何时候

读柏拉图，都不会太晚

到矿区

时近黄昏
货车驶在盘山公路上
无人指点，也能摆正自己的位置

因为曲折
转动的方向盘上
多了些光芒
因为有你，一路的颠簸
多了些平稳

暮色悄然挪到一边
为货车让路
空山更空了，草叶知道为谁而动
留鸟知道
替谁在呼吸

山路尽头就是矿区
落日只有一个，又仿佛有无数个
延伸着一天里的光亮
等待火锅鱼
沸腾整个夜晚

榕树下

避世于此，沏一壶茶
把水壶高高举起、倾斜，水花溅起
小小的乐声

如果我是诚实的
我会说，我也是一滴这样的水
在生命的长河中
寻找着一个爱的落脚点

霞光照在榕树上
树皮在灿烂的光辉中获得了特权
树叶沙沙的声响
接近当地口音
无须问答，就会把我的听觉
置于一个陌生的世界

在真实与虚幻之间
一个爱屋及乌的词，在背后
感觉有人看着我时
悄然诞生

对　话

我与植物的对话
多半在幻觉中进行，像萨满人一样
漫游奇境

稀罕的红豆杉
在丹霞地貌，我见到过一棵
向我吐露
存在的奥秘

名贵的楠木
在楠溪江两岸，若有若无
好几次从江上漂过，也不曾看见
一个倒影

常见的含羞草

在无风的洼地，张开叶子和耳朵
收起带刺的东西
朝着迷宫的那一端发出
自己的声音

我流着口水
与这些高贵的、卑贱的植物相遇
即使什么也不做
也可以改变
许多东西

春访武夷山下梅村

来到下梅村

不见昔日云集的茶贩

一只燕子

在景隆号褪色的楹联上方

衔着新泥

破败的庭院里

无人修剪的朱顶红

从墙内

开到了墙外

一棵百年的罗汉松

熬出了头

走遍整个古村落

没有一个认识的人

旧巷与民谣、圩场与庙会

在青石板的回忆里
泛起水意
只有村口那株粗壮的毛栋
年年开着白色的花
结着黑色的籽
却已无人叫得出它的名字

东梓关

时近中午
富春江两岸的层次
渐渐丰富起来
仿佛一个长镜头，把模糊的远方
拉到逼真的当下

遥远的事物总是令人向往
唯有一幅
穿越了六百年的《富春山居图》
配得上烟岚
烧灼般的疼痛

渡船横穿东梓关
在桐洲岛靠岸
岸边废弃的采石场露出的毛骨

像一枚枚钢钉
扎进富春江淳朴的风水里

站在江边
把一片薄瓦向对岸削去
我担心的不是它
能否轻松地穿过整个江面
而是自己
会不会在中途迷失

临岐行（外二首）

千岛湖沉睡的秘密
只有临岐在传递，秋源伸出的手掌
和进贤溪相握的一瞬间
月光正照在
白佛桥弓起的脊背上

枫树、檫树、麻栎、乌桕
和野香菇相依为命
魔芋的昵名，在大雪封山的日子
滋养着山里人的梦境

雾霭缭绕的山岭
在晨曦中，渐渐透明
山茱萸星星点点的光打在石头上
山脚下升起的炊烟

让我想起恍若隔世的田园，一个故人
描摹的绝句
呈现的一颗归隐之心
我相信，那也是一种生活
一种迥异于
我曾经的生活

屏溪漂流

在屏溪
每一滴水
都是有翅膀的
带着我，顺流漂下
像鸟一样看清低处的生活
一些水草
无法漂起来
是因为身上的淤泥太多

循范村，过夏坑，至鸟坑
满山的鸟鸣
翻过一个个山顶
渐渐和苞芦、松毛蕈融为一体
那是屏溪的母语
在十里长屏，徐徐展开的画卷上
不着一字

却早已让我，像覆盆子一样
在对岸扎根

与岐山先生对酌

斟一壶茱萸酒
与先生对酌，龙山不必去了
并州也不必去了

雅洁的书斋里
一首《重九》诗
微微渗出岁月的凉意
白炭红火之上，覆盆子炖鸡的浓香
从暖锅的边沿冒出来
飞过岐山的白雁
早已回到自己的故里

明净的秋源
只剩下百草，融入先生的风骨
也许还有几粒星子
照着先生
把酒话桑麻的晚景
而你那渐渐消逝的背影
终将，成为天亮后
显现的通衢

石聚堂（外二首）

此刻，唯有寂静
配得上石聚堂的仙风道骨
蛤蟆岩、合掌岩、金龟驼子，在阳光下
闪烁碎石英的光芒
松鸦、竹鸡、凤头鹃，穿梭在林间
看桃李争艳
玉泉禅寺的紫方竹，弹奏着
仙坛派音乐

要说的话，石头替我说了
要握的手，石头替我握了
我只是站在一旁，听得入迷，忘了
下山的路。在浦亭罗溪
村民在山下安身，岩石在山上立命

溪水的回声

荡漾在缥缈的烟岚里，一切

仿佛都浑然天成

无常的世事，寂静易碎

只有黑白分明的石头

活得一天比一天

硬朗

灵溪非遗

动车把我带走了

也把灵溪的美带走了

单档布袋戏、渔鼓、夹纻漆器

夹缬、莒溪刀轿

这些我不知道的非遗，始于玉苍山下

深藏在灵溪，不为人知的山水间

多少年了，它们缓慢地生长

积淀、浓缩、绽放

像庸常生活中

一块块不可或缺的明矾

沉淀着一颗颗

混浊的灵魂

我，也是其中的一颗

此刻，多么希望时光

突然停住
让我离灵溪近一点，再近一点
亲近一个个
刚刚熟悉的名字，融入
闽南语、蛮语、金乡语、瓯语、畲语
斑斓的交响

碗窑古村落

已至春分
玉龙湖谷的水深深浅浅
绿了楠木，红了枫杨
仙人掌在石级的尽头拍着手，欢迎我
这个访古探幽的异乡人
水碓说着难懂的闽南话，龙碗边
觅食的公鸡，池塘里
灰红的锦鲤
听得懂

捣臼的声响
让蛮石垒砌的吊脚楼更显空旷
一个满身黏土的手艺人
在路廊的尽头
低着头
看不清他的脸

但手上的荷花盖碗、碗上的
如意草和宝相花
认得他
他们是相依为命的一家人

清醇的果子酒
我低头的一瞬间醉了
爬满野藤的古烟囱，耸立在戏台边
里面的窑火
静默在夕阳滚烫的
血液里

十二背后

寂静渗出的水
汇成双河，如果它歌唱
落日也会顺流而下，在黑夜
点亮十二背后的灯盏

而蝙蝠，用凝聚的黑
修复了时间
向死而生的标本
在时光的隧道里，斑斓了
奇石的梦幻
和陨石坑芳香的回忆

我在洞穴里走
像一位大自然的搬运工
晃动矿泉水的凉意

偶尔，也会停住脚
吃惊于，那一掠而过的
飞猫的背影

双河溶洞有多长
它的尽头在哪里
茫茫的群山不会回答
正像我面对清晰的道路和轮回
更愿意转向
未知的源头

出 门

想出门
我就出门了
关紧门窗，把钥匙装在口袋里
到哪里我都放心

我的身体很好
当然可以去海拔更高的地方
那里空气稀薄
紫外线密集
这些都不是问题
偶尔的窒息
让我看见纯净的光
奔向没有人烟，只有青草的地方
躲避饥饿的眼睛

没有人陪我
也可以在酒中找到一片开阔地
许多淡忘的名字，又重新转动在经轮上

正如你看见的那样
时光的箭头指向未来，命运的河流
正在自己转弯

林芝一夜

一群鸟在林间鸣叫
不知是什么鸟
也许是白鹤，也可能是沙鸥和黄鸭
在尼洋河边
霞光打着哈欠
桃花还没从桃树的怀里醒来

也许真有这么一个地方
离得太近，就无法看清它的本来
就像此刻，我在河边
坐久了，不再感觉到尼洋河的流动
渡河过来的牛羊
把我当成了它们的伙伴
低头吃草的牦牛，在粉蓝的色调中
做着我没做过的事儿

风吹动经幡
一个尚未确认身份的僜人
在青稞地里
抬头的一瞬间，仿佛在暗示
我和他一样，只剩归途
就像尼洋河上每一道弯、每一个坎

林芝一夜
我在同样的时光中醒来
美好、干净
我安于做它的配角
成为这片草甸的囚徒，藏起一颗
高原之心

格桑花开的地方

某一刻
雪崩的气流荡漾开来
在我身后，形成细密的纹理
似化石、似苍鹰，在懒洋洋的光里
恢复天空的语言
和表情

身穿棉袍的藏族人
胸挂粗粝的橡胶和皮革
手持快要磨透的木板
磕着等身长头，口中念念有词
经声一片……非叙事的、模糊的，搁浅在混沌中的爱

那些风
也有古铜色的面孔，布满沟壑

那些歌子

也有格桑花的形状，环绕佛堂

雪水一样的心情

被无意识的蓝，唤醒和照亮

在卡夫卡墓前想起朵拉

你走后
朵拉也走了
再没有人起身去邻近的邮局
帮你寄信
坐下来用身体挡住
吹向你的冷
替你读希伯来文的《叶塞尼亚》
凝视你校对
《饥饿艺术家》清样时
流下的泪水

你的痛苦结束了
而朵拉
才刚刚开始
手提箱里

除了换洗的衣物
只有一把你用过的桃木梳子

迎面是扑来的黑浪
悲伤像披在身上的黑斗篷
没有哭出的泪水
在东哈姆
一小块没有任何标志的墓地
装下了你
全部的影子和幻象

拜谒契诃夫墓地

走进新圣女公墓
7.5 公顷的土地上，里面只有
深埋心底的安宁

黑色盘花的铁条围栏里
是契诃夫墓地
一块瓷青色的石碑，刻着他的名字
和生卒年月
没有雕像的空白
填满了他一生塑造的人物
和某种水晶般
经久不变的冷漠

我驻足片刻
恍然看见他，坐在火炉前

望着火焰，时不时剥下一片白桦树皮
掷入火炉中，陷入沉思

"有个病人在等我，他需要我，
"开张处方。"

波良纳庄园

秋光漫过低地
开败的牛蒡花、矢车菊
枯黄而残破
远处的奥卡河从桥下蜿蜒而过
分不清开始和结束

图拉近在眼前
阳光把白桦树的影子
投射在土路上
清澈的池塘、如茵的草地、芬芳的果园
在波良纳
宁静地呼吸
将周围的空气染绿

一台 18 世纪的英国古钟

在托翁的书房里
依然轻快地走着，清脆的叮当声
连接着过去与未来
似曾相识的一幕，也可能出现在 1877 年
一面俄罗斯的镜子中
永远无法破译

托翁远在天堂
他存在，不喜欢受关注
只有林间空地上，一个长方形土堆
幸福的闪光，能够抓住它

阿赫玛托娃故居

丰坦卡河南岸 34 号

阿赫玛托娃故居

狭小的客厅里，有一张餐桌

一把扶手椅，还保留着动荡年代里

温情的一面

墙上的风衣和皮包

悬挂至今

一直保持着普宁被捕当天

离开时的模样

从没挪动过

走廊尽头，没锁的手提箱

用皮带捆着，里面无数的书信和手稿

仿佛还在挣扎

处于颠簸的命运……

透过窗子

一堆干草，在冷风中

不见一丝水分

一尊石雕像，穿越了一个世纪

显得更加宁静

清浅地映下一个时代的背影

我走出故居

穿过积水映照的灰色的天空

仿佛穿过了白银时代

挎肩包里装着一本《安魂曲》

像不会融化的雪

不断变沉

相见欢

如果和鱼互换身份
水也会忘记
自己什么时候从上游
来到下游
从江湖抵达市井
成为一种可以贩卖的商品

有一次
滴着水的鱼翕动着嘴巴
穿过人群
投在地上的影子
像化石的标本，踩一次，疼一次

路走多了，就麻木了
无论在哪里停下来，都饿得慌

见什么吃什么
直到自己站不起来
直到肚子里
晃荡矿泉水的凉意
让接下来的鱼有一个荒芜的去处

而我也将
在满足中睡去
像无边的雨为虚无的事物
披上一件迷蒙的蓑衣

鱼　鹰

闷头游水
是鱼鹰的隐身术
也是放鹰人心里的倒计时

哪有什么出头之日
鱼鹰浮出水面，只是为了换口气
到了嘴边的鱼
蹦跶在船舱里，成了放鹰人
烟雾里的风景

鱼越来越少
水下的时光变得寂寞而漫长
没有鱼的水还叫水吗
罚站的鱼鹰
和空手而归的放鹰人

也这么想

太阳就要下山了
在下山之前
看了看鱼鹰和放鹰人
想想明天的早市没有鱼
它的坠落就显得荒凉
想想人间
丧失了如鱼得水的生活
它的升起
就更加荒凉

共　鸣

我游泳
水记住了我的形状
比一个人记得更牢
我走过，路上的凹痕更深了
但我知道自己
无足轻重

趁着还走得动
再爬几个想爬的山头
见几个想见的人
那坛窖藏了一辈子的老酒
庸常里喝
无常里也喝
只要朝霞和落日在我的身边
左搂右抱

那只空了的酒坛子
就埋在地里吧
别打碎，那是唯一让我的灵魂
获得共鸣的东西

在一座雕像前转了转

雕像冰冷
鸟叫一声，它才热一下
要说孤单，它才是真孤单
那么有名的人，站了几百年
身边也没一个伴侣

逛公园的人，成对成群
在它的影子里合影
好像得到了某种庇佑
晒出的照片，张张眉飞色舞

至少有那么一段时间
鸟不叫了，钻进了远处的灌木丛
在风中，看一年蓬弹跳
蛇莓变红

马鞭草熬药
我也在海边停下来
看浪花含着盐，给牛背鹭
写绝交信

那时，我已走出
雕像的阴影
获得了想象中的躯体

放　生

一对野鸽子
飞过了那么多地方
依然记得
放生的地方

今天一早
它们又并肩站在对面
冲着我叫
声音里透着霞光

似乎我的身上
还残留着当初的味道
似乎我的手掌
还是世上唯一柔软的港湾

时过境迁
其实我早已变成了另外一个人
另外一副面孔
阳台镶嵌了玻璃
围栏已锈蚀

可它们
准确的定位里
一直珍藏着一个转身的背影
应有的善良
和锋芒

书　房

关机
一头栽进文字的迷宫里
那里有温泉

书中的软黄金
我已搬到不为人知的地方
超过我的高度
它们让我的脊梁挺起来、仰起来
不再拜倒在
自己或别人的脚下

没有忙音
没有死去活来的心
一种异样的感觉，包围我
仿佛荒田里长出杂草

仿佛刚刚吃过

鱼腥草

所以，你要见见

失联的李平、闭关的李平

你要见见

他的目光里

摸过的天鹅的脖颈

散开的瞳孔、打碎的十字架

只要你的手指

轻轻一碰

它们就会变成

美丽的气泡

我在书房等你

坐拥书房
那些不会说话的书
围成的圈子，是我的一面镜子

风月一庭，读书半榻
仿佛山中岁月
蛙叫、虫鸣、落叶、流水声，都很好
孤独的石头，绕过它们
静静长草

隔着铁线蕨和菖蒲
我的逆商，只允许一只书虫
钻进文字里
把漫漫红尘挡在外面
在夜与夜的间隙，完成时空的穿越

最美的墙砖

透着风景的窗户

早已为我筑好隐身的市井

游弋在水墨中的精灵

到达的地方，有不动声色的美

有我在等你

港　湾

河流那么多
流过我生命的只有一条
灯火那么亮
照亮我的只有一盏

和你在一起
才能确认自己在时空中的位置
并在黑暗中
成为自在的一部分
无须解释的适宜
就像对月亮深情的一瞥

渴望港湾
渴望成为你的影子
心灵的漂泊继续，并在最终

停下的地方回眸
"美，就是透过你，
看到真身。"

在一个比开始时
更高的层次上结束一生
也许就是我
人生唯一的目的

上　网

大多数时间
我在网上
打造一只蜘蛛的品质：美和辉煌
都出自这黑暗之心

在那里
鹰视于崖、虎啸于林、狮醒于山巅
相生相克的循环，让生命
回归自然

有那么一瞬间
整个人，变成了网上
唯一的发光点
仿佛一只昆虫，爬出岁月的遗址
一只蚊子找到了血

无限的可能性
向生活的边缘敞开……古老的事物
依然鲜活，好像时间在它们身上
从未存在过

风暴眼

秋深处
合欢开在树上
谁亮在心里
拉长的影子是时光的投影

落叶斑驳
风的银幕上，雁阵
在造型
一个人、一颗心
在燠蓝的风暴眼里，如此透明

擦不去的风景
在低头的一瞬间
漫漶经卷

此刻
进城的秦山路上
没有秦山
初上的华灯，每一盏都像秦山兰

东门外
青灯抱着敕海庙
海浪卷着鱼鳞塘
拧暗的盐粒，经久不散

坐在红木家具旁想了想

严肃和欢喜
是必要的
你有蜜，也要藏在刺里
你有光，也要纠结，打成团
到了雪天织毛衣

好的虫子
钻在菜叶里
好的煲，要文火炖
好的牛肉，都是有底料的

不可言说
是最好的言说
天下的好事
轮到一件就不错了

天下的坏事
一出门，就闻到一股霉变味

坐在红木家具旁想了想
世上还有那么多蛤蟆
想着天鹅
那么多水龙头连着净水池
一匹马就对着草地
打了个响鼻
一个我就对着灰尘
打了个响指
红木家具上的纹理
更清更亮了

访惠泉寺

莲花坐着
银杏站着
阳光涌进惠泉寺
闪烁在药师殿上

门前空地上
落叶打着木鱼的节拍
坡地上的种子
已泛起一簇新绿

到了夜晚
多年不见的雪
像一道长长的鞭痕
沿着山道
一直通往佛门的净地

仿佛是谁
伏在黑夜的肩头痛哭过

金牛山上
每一块石头
都好像被翻动过
如果在其中的一块上坐久了
我也会变成同样的一块
在日月间轮回

登东天目山

不断变重的是我
不是抬升的石级，和石级旁
日日修行的翠竹
一棵千年的柳杉告诉我
不断卸下自身的面具，才可以仰望
云淡风轻的生活

顺着梵音的方向
千寻的飞瀑仿佛在光中洗过
一块块红砖
从信徒的背上卸下
成为昭明禅寺空灵、寂静的一部分
沉重的肉身
在翻动的心经中，终将
化为尘埃

当它们重新飞起来

我相信，那是一对对涅槃的凤凰

重访径山寺

最近
我又去了一次径山寺
重温了一遍《茶经》
顺便把念歪的《金刚经》再次校正

深山鸟鸣依旧
屏息静听，似乎又略含新意
水曲柳扭伤的光线
已被松针治愈
泉水叮咚的吻
让径山更显突兀
但已显现出疲软的迹象

寒霜消失的背影
映衬荫翳之美

万寿寺外落叶纷纷的银杏树
露出了白果
最明亮的部分

紫烟修筑的路
比过去更长了，比高铁更长了
先人们
你们随时都可以下来
看看遍地摔碎的衣钵，也看看我
被烟火熏黑的脸面

下　山

一切收拾停当
我就下山了

没有摘完的春茶，明年再摘
来不及开放的杜鹃
明年再开。明年
一定有一个比我更好的人
在山顶出现

夕阳拍拍手
就跟小溪走了
乌有乡里
一明一灭的星火，像走兽
警惕的眼睛
只有枝丫上的月光是安静的

先于我，爱上了
还未挂果的枇杷和杨梅

没有什么是不朽的
这狗吠、这鸡鸣、这满山的苦药
唯有一株还魂草
还记得
我一路牵挂的甜

小　满

朝城市相反的方向走
很快到了田野
布谷的叫声，仿佛一条朝圣的路

狭窄的田埂上
细碎的阳光
弹跃在罔草和萝藦之间
漫天的蒲公英
蕴藉着某种无以名状的东西
一群牛背鹭：一团团移动的雪
没有风也会发出窸窸
窣窣的声响

尝一口新麦
呼之欲出的小满

就到了嘴边，让我重新获得了
语言的天赋
已经很久没有赞美过它
也忘了赞美它

返城的路上
我突然多了几种身份
就像一路流徙的野麦，变成了
小麦、大麦、藜麦和荞麦……

夏　至

孤独不是一个人
而是心里有一个人

醉了，找不到家门
睡在草地上
也能摸到自己身上的波浪
眼里的星光

什么时候我的影子消失了
你才能踩疼我

我醒来
看见天底下有孩子，有瓜果
有走兽和蚊蝇
就高兴

就置身市井，一心种菊
我收获的菊花一朵比一朵好看
一年比一年多
足以填满井底的蛙鸣

离群索居者
不是野兽，便是神灵

初 夏

午夜的灯灭了
沉默的事物在黑暗里收缩
它唯一的爱
无疑这是一个初夏
天空被樱桃压低，大地被木棉举高
天堂的门槛
因远道而来的风的影子
而降低
而我看不见

那是何时、何地
我也忘了
太多的水流到那里，只剩下一盘散沙
低处的灵魂
混入了流星、草叶

和很少的鸟鸣

那时的我

早已退回到一抔土、一块石头

静静地看着

你最初的样子

白　露

门关上后
我才相信，天真的暗下来了
它就这么轻易地
放弃了人间，在孤单中
删除自己的朋友圈

孤雁为白露
投送快递
孔雀的自恋症和自闭症
正在上演
流水避开一道道障碍
像一根弯曲的缆绳，拴住大海

我鲜艳的骨头
也渐渐被潮汐漂白

在破碎之前，有着如此通透的色泽
我乐于承认
那是一场修行后
留下的花絮

秋天的银杏

落叶不会赞美
但它的身上已谱满音符
的确，层层的落叶让大地变得松软
走在上面的人，也不再
铁板一块

你也知道
落叶不会飞翔，只是代替风滑翔一会儿
匍匐的翅膀在消失之前
确曾有过
自己的影子

现在它消失了
把空旷留在一动不动的树上
我也忘了曾经的生活

逐一熄灭的灯火
一再向我暗示，每一片落下的叶子
都曾有我的影子

冬　至

水用全部的力量
凝固自己，并非显示自己的强大
透明的胆魄
只是作为一剂醒世的良药
治愈天生的软骨病

事实上
冰比水更有资格
谈论绝望、孤独、满身的伤口
但它藏起身世
从不说出自己的源头
阳光照到哪里
它的原谅和忏悔就飘到哪里
就像郊外的薄荷
遗世而独立

当一块一块的冰
在河滩、在山顶、在上班的路上
一闪而过
我才把生活了一生的海盐
叫武原

我的一生
同样充满了水
死后，也愿意结晶为冰
并非作为标本，而是活过的象征

有一年冬天

有一年冬天
我走在阡陌上，一只蜷曲的刺猬
像一蓬乱麻
出现在棉花地里
风吹走了霜粒、草叶
田野上的鸟影，也没吹动它

它就这么静静地待在
洞穴的门口
像在等待一个外出未归的亲人
又像期待着
某种从天而降的东西
紧锁的眉
让我想起渐渐荒凉的土地上
深刻的皱纹

天很快黑下来了
雪一点一点
落进棉花地里，落在阡陌上
埋下了一个
和我一样暗红的灵魂

拥　抱

那些不靠拥抱取暖的事物
是怎么过冬的呢

我一个人刚刚从江湖回来
征尘未洗
就看见一朵梅花开了
开在两个冬天的缝隙之间
夺着我的眼球

一只波斯猫
蜷曲在银杏树下
明亮的眼神
从翻飞的叶子间散发开来
结冰的河面
解释着远处柔软的海

我把手
插在口袋里
把空气中的冷，归咎于软骨头
说到底
我余下的生活
要靠一些小事拯救

寒风中
我越来越满意
自己凌乱而坚挺的发型

草木之心

"找根绳子，
"把我吊死吧。
"把我抬出去，扔到河浜里去。"

坐在轮椅上的母亲
在我面前，翕动着嘴巴，自说自话
十年的光阴
在她疼痛的神经上蔓延
僵硬成一块块
萎缩的肌肉

不识字的母亲
坐在空屋子里，瘦得没几斤了
满头的白发，让我想起当年，她在油灯下
捻着的棉线

整天陪伴她的，只有生锈的农具
落满灰尘的织布机

我甚至不敢推着她
去看看田野，我怕她一寂寞
一年四季的庄稼也寂寞了
我怕风一吹，她就像蒲公英一样
不见了

当我轻轻地把她抱到床上
传递的温热，还像小时候，母亲从灶膛里
递来的烤红薯……

妈妈轻了

妈妈轻了，轻了，轻了
变成了一缕烟
飘到月亮上了
我抬头，看见天是黑的，地也是黑的
一盏亮了一辈子的小油灯
也耗尽了最后的一滴
在妈妈的床头熄灭了
只有最后的一绺白发是亮的
只有我的泪水是亮的
点点滴滴
记下了妈妈编织一生的粗布图案
深藏的温暖
记下了桑林、竹园、稻田的影子里
挂满的露水

妈妈轻了，轻了，轻了

轻轻地叹出

最后一口气

画完生命的第七十九个年轮

头一歪，把一本无字的书扔下了

把空了的脚桶、竹篮、箩筐和麻袋也扔下了

它们都跪着

为沉睡的妈妈送上一程

我也哭了

不是因为这世上

从此少了些阳光

而是因为月亮上多了些再也不会

飘下的炊烟

忆父亲

我只剩下一片半岁的青草
一只忘了曲调的蟋蟀
如果翻空月光，还可以看见瓦砾下
父亲沉默的影子
熟泥一样铁青
只是再也不用制坯、搪瓦了

风像秤纽浜一样
穿过芦苇、水蓼与河墩，与另一阵风
在种田桥相见
纠缠不清的絮语像方言
消失在芋艿地晃动的露水里

父亲，你摇过的橹
一支也没了

打过的算盘全部落空
没有坐过的高铁已横穿整个村庄
眺望过的海
已架起连接彼岸的桥梁

可我一次也不想穿越，只想陪陪你
像一壶刚出窖的老酒
一碟刚炸出的花生米
只有它们，还能让你的眼神一亮
倒叙未了的心事

父亲，你没有留下一句话
一点遗产，就匆匆走了
你的儿子一个也没接班，没成龙
但他们活得都很好，在人间像模像样
方圆十里的人看见了，都说
那是你的儿子

方　言

在我们乡下
草是很多的
问荆、青葙、牛膝、斑地锦、酢浆草
你不叫它们的时候
它们相互叫着
用本地的方言
口述一片沧海或桑田的变迁

每一种草
都有秘不示人的谱系
从未失传过
不像我，既不知道祖宗的名字
也愧对难离的故土

村里的人走光了

它们也不离不弃，在原地
抱团取暖
也不享用一点人间的炊烟

它们的苦
神农氏尝过，孙思邈尝过，李时珍也尝过
所谓的甜
也不是我以为的出人头地

旧时光

岁月知道
以前的日子不曾颠倒
稗子是稗子，秧苗是秧苗
不认识的人，也可以用心把它们
从不同的绿中
区分开来

种田的人挖沟、浚渠
为流水安下一个个家
把一垄垄五谷和杂粮
梳理成一条条彩色的辫子

一切都恰到好处
雨后的蘑菇
提炼着泥土的精气神

桑叶上的蜗牛
守着远处飞来的蚊蝇
池塘里的碎石
在柳影间变成一尾尾石斑鱼
一只蜂箱
镇住了野花内心的蓝

缓慢的时光
像不断曝光的长胶卷
模糊了旷野上轻轻晃动的翅膀和担子
笨重的农具靠在墙角边
卸下了一个村庄的重量

万物生

我喜欢

和泥土待在一起

用犁耙，用脚踩，用手掰，看它

粉身碎骨

风生水起的样子

像牛背刚刚蹭过，软软的……非洲土著一样的生命

在雨水激情的鼓点中，纵然有一万张嘴

也从不为歉收辩解

任何时候，我都可以坐下来

和返青的庄稼

聊上两句

万物早已与我通灵

负重的大地，还有很多的苦难

要我撑起

弯曲的脊梁

故　居

雨落在天井
有些浪费了，有些没有
借助雨，一口水缸
重新找到了自己的位置，在天井一角
稳稳地站立

清亮的雨
是上帝派来的天使
不用听筒，不必同声传译
一颗饱满的心，就把水缸救活了
湿漉漉地蹲在一角，一肚子的酸甜苦辣
最终，又回归到
一滴雨的寂静

我低头，站在屋檐下
串串细雨

在无尽的漫游之后，把天扯空了
有几滴，落在我身上
我几乎喊出了声，直到雨停。空空的屋檐下
涌出一片新苔

祖　屋

我不是屋子里
唯一的居者
屋顶有麒麟，门口有狮子
它们，都是被石匠唤醒的神灵

在同一个屋檐下
有蚊子，必有喜蛛；有喜蛛，必有壁虎
这些外来的生命
是天生的冒险家，不请自来
填补我出门在外时
想象的空白

闲置的抽屉里
偶尔有蟑螂窜出来
乌黑油亮的身体长着翅膀

却从未见它飞过
如果踩死一只，就会有另一只爬过来
打破屋子的宁静

它们陌生、恐怖、讨厌
有时又显得迷人，帮我找到人间
缺失的平衡

黄泥小屋

蚕豆花和紫云英
沉香的黄昏，授粉的野黄蜂
嗡嗡的声响
让一堵土坯墙千疮百孔
它们肯定以为，这是青黄不接时
最好的归宿
任凭黄泥屑瑟瑟落下
甜蜜的堡垒，也不会坍塌

楝花风掠过树梢
天籁中有一种早熟的味道
夕光返照的清浅池塘
暧昧又茫然
人间的烟火味，贴着西墙根
令人期待又不安

我路过这里
顺手揪下一片土豆叶子
想起连在一起的土豆，让我经历的贫穷
缩短一小时

春日书

一只蜜蜂
在一堵土坯墙的深处
与光阴对峙
嗡嗡的叫声
有点像手机振动的铃声
传递着来自春天
繁花的消息

它安于这样的独处
在日落后，为自己披上
一件黑斗篷
它的名声是在死后很久
才获得的

由此我想起

足不出户的狄金森，在安姆斯特
写下的一千七百首诗
每一首，都散发着
内心的光明
她短暂的一生
因迷信而富有，成为病人
向往的医院

乡村即景

麦子已经收起
看麦娘走了
水田里，一群牛背鹭
像一个个散兵警视着人群
螽斯的哑哑声、唧唧声，围拢过来
让电线上列队的麻雀
屏住呼吸
也替我的灵魂
完成醒来后的洗礼

既不添加什么，也不忽略什么
它们是安静的
自足的、独立的
有着放大镜也找不到的奇异的存在

这一刻
我放眼望去
黎明的拖拉机正低着头
突、突、突地响着
卷起一片片天青色的泥土
蚯蚓，始终在前面带路

只有河流
静静围着无人看管的毛豆地
等待着主人
飘荡在风中的蓝头巾

哦，整个田野看上去
就像埋伏着几代人的战场

酒　局

因为欢乐
酒神在我的脸上散步
因为悲伤
心中的月亮空无一人

夜是孤寂的城
河是虚拟的路
我的灵魂还残存着干净的需求
想着去救赎

神灵消逝
水害怕起来，抽搐中
荒凉之感巨大而深切，呈现出
内在的墨绿色

在夜里
我闻到水的香味
在水里
我找到一种不愿睡去的旧时的悔恨
夜如此宁静
以至于我觉得它是咸的

我的每一次醒来
都是冒险

那个叫李平的人走到窗前

那个叫李平的人
走到窗前
月光恰好在此刻
照亮地板，他和他的影子团聚了
显然，他的魂灵
也需要血肉之躯的抚慰

这是海盐的一个小区
小区里的一幢楼，楼上的一个窗口
黑暗中，打开的天窗
看到了比他眼里，更多的光亮

那个月亮
或许就是李白遇见的那一个
以裸露为美

飘动的薄纱，具有盛唐的景象
因为李平长久的凝视，而有了雪花斑
这正是一首好诗
诞生的先兆

尽管，在白天
他经常给自己打脸，给月亮
打上马赛克

晚　年

我的晚年
应该是这样的
躺在摇椅里，慢慢合上眼皮……书读完了
每一本都薄如羽翼
选择关机，一定是我和自己
走到了一起

所有的风光都远去了
一块浮木漂在水上，记得我轻狂的少年
一群海鸥换了新衣
对着沙滩上的石卵，低低哀鸣
原路返回的风
让我想起，当年的李叔同
退回红尘的信

认识的不认识的人都远去了
耳边只有梁祝的旋律，回荡着初次的听觉
握了一辈子的笔
插在筒里
仿佛爱已死在爱的手里

漫游在南亚次大陆腹地（组诗）

访泰戈尔故居

走在加尔各答老城区
看见白牛若无其事地漫步在大街
平视眼中的万物
偶尔也会停住，低下头，吃着人们
供在门前的苜蓿
罐头鱼一般的公交车
在更拥挤的喇叭声中穿行
它的门，一直敞开着

井巷深处的泰戈尔故居
绿色的拱门、红色的柱墙、白色的栏杆
把尘世的喧嚣隔在外面
粗粝的红砂石

在阳光下，仿佛也有了灵魂

显得整洁而安宁

醺风吹过

草坪上的金色花，绚烂、静美而神秘

无法用语言描述

也无法让我

变成其中的一株木棉

静静打量，半身青铜像上

金牛座的泰戈尔，婆罗门种姓的泰戈尔

刚刚回到吠陀

和《奥义书》中的泰戈尔

没有声响，也不期待有任何回应

加尔各答的特蕾莎

她把一切献给了

穷人、病人、孤儿、无家可归者、垂死临终者

只为苦难的人活着、修行……

把头颅低得更低

只为怀里的孩子离天上的光更近

赤裸的双脚

离泥土的芬芳更近

教堂的钟声响了

我看见一个衣衫褴褛的妇女
伏在花岗岩墓石上
轻轻啜泣
上面好看的花纹
是特蕾莎满脸的皱纹刻印的

我听见一个临终的老人拉着特蕾莎的手
用印地语低声地说
"我一生活得像条狗，
而现在死得像个人，谢谢了……"

恒河，恒河

每个人
来到世间走一遭
不过是为了踩一脚对岸的泥泞

在恒河边
必须借助一些场景、仪式和氛围
才能体验，黄色的土
与混浊的水构成的恒河
它的宽广和神圣

一头母牛浸在水中
不时让恒河没过头顶

牛尾巴扫起一串水珠，在天青色的空气中
划出一道美丽的弧线
身着橘红色长袍的僧人
盘腿坐在河边，双目紧闭、双手合十
喃喃念着经文
河边洗衣的妇人，离祭坛不远
欢快的水声
充满纱丽般祥和、温暖的色彩

"你知道哪里坐船，
可以渡到对岸吗？"我问
"哪里都行。"一位抽着大麻的苦行僧
静静答道

太阳神庙

斜阳照着科纳拉克村
再向前移动一步，就是太阳神庙
谁会相信，这一步之间
竟隔着八个世纪：一边是喧嚣，一边是寂静

群雕如梦
几万名能工巧匠
在如血残阳中复活了，叮叮当当的声响
穿过丛林，消失在不远处

孟加拉湾的涛声中

把智慧和想象，镌刻在十二对飞转的车轮

七匹奔驰的战马上

散落一地的石块

完整的纹理，几乎让我相信

如果把它们拼接在一起，一座宏伟的神庙

又将重现在眼前……

这是神的居所

而非一片废墟

在萋萋芳草、木麻黄摇曳之间

两个素未谋面的男女

擦身而过，留在群雕上的影子却如此甜蜜

贾玛清真寺

站在贾玛清真寺

四十米高的宣礼塔，往下一望

白色大理石的基座与圆顶相映成趣

主体的墙

永远向着麦加的方向

跪坐的穆斯林

在大殿上礼拜、祷告，没有供品

没有画像或雕像

简洁的线条和《古兰经》上的文字
指纹一般
延伸到目光所及之处
给人一种神秘而幽深的感觉

正午的阳光
照着清真寺，也照在孩子嬉戏的脸上
一群灰鸽飞过头顶
盘旋在高大笔直的宣礼塔旁
也许，唯有它们
才是这片土地上最自由的生命
轻轻扇动一下翅膀
便到了天的边际

月光集市

十月的老德里
阳光照在敞开的露台上
我坐在狭小的长桌上，吃着塔里和奶昔
浑身充满了咖喱味

咫尺之外
就是月光集市
布满杂货的街道两侧，五颜六色的纱丽
从店铺上方垂挂下来

成群的乌鸦，栖在蛛网般的电线上
身着白色古尔达的行人
头顶行李
在噪音、灰尘和垃圾的包围中穿行
突突车像一阵迷雾
根本不在乎他去哪里

我问旁人："月光集市在哪里？"
他用手指指我站的地方
哦，四百年过去了，想象中的月光集市
在一个我再也找不到的地方

泰姬陵

缓缓流淌的亚穆纳河边
一座白色大理石建成的巨大陵墓
在晨昏交替中闪烁、变幻
蔚蓝的、粉红的、纯白的、灰白的泰姬陵
就像地球流出的最后一滴泪
净化着潮水般
向门外退去的人群

水道旁，果树与柏树
在天空和倒影之间，超越生死的边界
远处穹顶上点点光亮

依然像情人耳边的悄然私语，对着浮云说
我记得

我记得，然而爱
正轻装启程，一路奔赴那永恒的召唤
把一段爱的传奇
留在孤独的、凄凉的美的形象里
温软的泪滴在黑色大理石上
凝固成几行
永不褪色的波斯文

甘地陵

只有这方低矮的
十六平米的黑色大理石祭坛，才配得上甘地
绝食时的坐姿
一盏长明灯
从 1948 年 1 月 31 日点亮至今
昼夜不熄

好像甘地一直在火化
好像甘地永远也火化不了，在亚穆纳河畔
在印度洋、阿拉伯海、孟加拉湾
激流的汇合处
无处不在的甘地在显灵

渐渐成为

毗湿奴的化身

黄色高台下

唯一的一张甘地像

注视着脱鞋光脚、双手合十的人们

吞没一切环绕的杂音

缓坡上，盛开的金盏花

更亮更静了

象背上的城堡

风吹着狮子门

象头神门、花瓣形拱门

也吹着悠闲的大象、花栗鼠、猴子和孔雀

路边的眼镜蛇

在弄蛇人的魔笛声中起舞

镂空的石雕里

象鼻、金鱼、蝎子、眼镜蛇

各安其所

镜宫的烛光，让满天的星辰回到人间

石刻的花窗口

仿佛还有九百五十三个美人的影子

在靠近、在远离

而我却不能定格她们

落在广场上的鸽子
在风化的红砂石的缝隙，填补着
游人离去后的空缺
此刻，离我最远的人儿
就是最近的神

惜别娄江口（组诗）

江　堤

踩着江水洗过的新沙
我在滩涂上寻找瑟瑟落下的荻花
禁欲的色彩
这易朽的生命里惺忪
而湿润的美
仿佛一台灵魂的检测仪
确认我
断片处的空白

而我也像
刚从心爱的人那里出来
那疲惫的、温存的、脆弱的波痕
宛若已通过一生的海洋

载着水的语言和意象
加固着
我灵魂的堤坝

凭借它，我得以自救
就像抛下的锚，拉紧了长江的尾

长江尾

坐在江边
已多时，还像未来时想象的样子
晨雾像手中的纸烟
柔和地燃烧，一道曙光意外地
献出纯粹的玫瑰色

荻花落下
帆樯升起
江水的絮语由重变轻
仿佛有一双看不见的手，渐渐调低
她的音量

粼粼的波光
多么像一张我睡过的水床
失去的关节
那些充满神迹的瞬间

让我意识到自己和长江的存在
在同一个声部
水的隐喻由此展开

如果不是长江
伸出长长的手臂，把我拉进怀里
还会有谁呢

寂　寞

这世上
没有一个人
能像月亮同时爱着江头和江尾
一直过着野蛮的日子
没有一种尺度
胜过江湖入海的圆满

风吹在缓冲石上
飘忽不定，寻找一个向下的去处
风扯着我的衣襟
悄无声息
归于一个未知的角落

我的心在聆听
像圣徒一样接近，像一个孩子忘了

破碎的玩具
我明白了
一个连蜘蛛也无法结网的地方
享受真正的寂寞
是可能的

刘家港

刘家港的气息
进入我的呼吸，便和七下西洋的船队
连在了一起

六百年过去了
水带桥边的桑榆依旧
天妃宫里的海棠依旧，江南的丝竹声依旧
青石板的凹痕里
郑和深深的足迹，闪耀至今

只是通往出海口的江面
又宽阔了一些
容得下市声霍霍、人文郁郁、馆舍清清
和千顷菽麦因追思
而动容的面影

我只是

以一个陪伴者的姿态，来到刘家港
又离开刘家港
等待天黑，把七千里的云和月
带进马鲛鱼的梦呓

惜别娄江口

一种梦幻
如此完整地保存在娄江口
江海交界处，如同遐想者对着河豚
冥想者对着蛏子

明亮的水
吸收徘徊的天光和云影
很快变得暗淡，打在挡浪锤上的那一朵
碎在我身上
在忍冬草身边，我还没有学会
像苇茎上的露珠
抖落一滴，又一滴
像梅花那样开放一遍，又一遍

主宰一切的水
在行之所止的地方
把爱的奥秘，置于万物的生命
为无法挽留的东西

提供隐身之所
当它给予时，自己也变得宽阔

我清楚这一点，并因此
感到左右为难
想写一首诗，不漏掉一个水的音符

附　录

《漫游在南亚次大陆腹地（组诗）》创作谈

鸟群中，每一只都在自己飞

飞机进入跑道，加速、起飞，腾空的一刹那，我的心猛然一揪，赶紧望了望窗外，灯火通明的新德里，一点点在收缩、在模糊，直到完全融入黑暗中。我重新坐好，闭上眼睛，一个个逝去的日子，浮光掠影的幻象，在潜意识中慢慢沉淀，变得真实而清晰。印象、感受、体验、情感，都在悄悄调换位置，重新排列。

这个发明了阿拉伯数字，印地语、奥里亚语、泰米尔语、孟加拉语部落遍布的国度，古老的文明像乘法口诀一样漫长。漫游在南亚次大陆腹地，我要做的，只是亲身去体验、去发现，在万物面前葆有一颗客观之心，让万物为我而呈现：一头神牛内藏的宇宙，一只花栗鼠穿越的星空，一群石雕呈现的智慧和想象，也许就是幻象背后最大的真实。

在加尔各答，飞扬的尘土落在老城区镂空的木头窗户上，密集的阳光沿着辣木树的枝叶攀爬到屋顶；沿街的小摊上，洋葱、西红柿、彩色辣椒、大蒜和杧果，摆得很有美学层次，静坐一旁的摊贩，始终没有一声吆喝；神牛旁若无人地穿行，在自觉为它让路的突突车、三轮车、塔塔车中间，前往它的目的地。这不是超现实主义的镜头，而是加尔各答最平凡的生活。

在恒河边，我坐在水畔石级上休息，无限黏稠的空气里充满了鲜花和檀香的味道，祭坛一边是新婚的伴侣，另一边是渐冷的骸骨，在法螺和铜铃奏鸣的间歇，完成生死相依的穿越。混浊的恒河落满了朝圣者现世的泪水，虔诚的光芒又让每一滴复活的水变得那么洁净。我离开的时候，热闹的恒河如一条鲜艳的纱丽从眼中慢慢飘远，一位苦行僧的回音经久不散："死亡如同脱掉一件旧衣裳，何必悲伤！"

走在千庙之城布巴内斯瓦尔，我几乎分不清民居和寺庙的区别，这个玄奘曾经来过的地方，纯粹的印度教之乡，也许真是一个可以赎罪的地方。身着桑巴普尔纱丽、跳着卡尔马舞的姑娘，裸露着黑胸膛、打着朵尔鼓的小伙，深蓝的眼眸里散发着自信、善良、热情、充满活力的光芒，虽然听不懂他们的语言，但可以通过他们的礼仪、服饰和姿态，感受他们生命的意义和深度。

来到科纳拉克太阳神庙已是黄昏，红土石构筑的地基，肯多利石构筑的庙墙和雕塑，黑绿泥石构筑的侧柱和神像，在岁月的打磨下变得温润，轻抚斑驳的表面，仍能感觉到指尖汩汩流淌的温情，仿佛暗红色的血刚从强健的肌肉中流出，柔软的死亡仍有生时的强壮。

好几次，遇见行乞的孩子，我不敢对视，我怕在妥协中崩溃，怕他们有故事的眼睛里的苦难，会像断魂椒一般，辣瞎我的眼睛。更多的老人躺在贫民窟、帐篷下、马路旁，身边的塔里盘里盛着六味，脸上的表情却那么自然而平和。他们相信，这辈子赶不上的，还有来生，急什么呢？

是啊，急什么呢？头顶的鸟群，每一只都在自己飞，着陆的地方安全而自由，仿佛神的居所，仿佛众生中至上的爱。我只需从人群中走出，通过诗，呈现现世的真相。

2019 年 10 月 11 日

后　记

我的呼吸里充满了海盐的味道

《走到鱼鳞塘的尽头》是我的第二本诗集。自 2015 年第一本诗集《我一直生活在靠海的地方》出版以后，四年多来，我到过海盐之外的许多地方，去过许多国家，但最熟悉、最亲切的地方还是海盐。不断地离乡与返乡，使我生活的半径不断扩大，心理的半径不断缩小，得以从不同的视角，重新打量与故乡海盐有关的风物和人事。

斑驳的鱼鳞塘，仿佛我内心的丘壑，每一块都长满记忆；千年的乌丘塘奔向南台头，找到内心的出海口，它不是在降低自己，而是提升自己；碧波荡漾的千亩荡，作为唯一的水源地，不断从低处流向高处，每一滴水都滋养着属于海盐的生命；幽静的永安湖，环湖的花，每一朵都叫得出我的绰号；葱茏的高阳山像一部现实版的《诗经》，还有许多植物等待我去辨识——正是这些家乡的标志物，为我提供了一座诗歌的富矿，所有未知的部分，为我的写作提供了更多的可能性。

清晨，我散步到海边，大海涨潮了，浪花拍打着鱼鳞塘，有些落在我身上，我也成了一片小小的移动的海。被浪花拍疼的手掌，让我感觉自己，好像一个人站在领奖台上；海水变幻的色泽，我只能看到有限的几种，最美的那一种，也许穷尽一生也无法找到。极目远眺，白塔山突兀在海面上，像一座沉默的大教堂，接受着起伏的波浪的膜拜。吹过鱼鳞塘的风，深入城市和乡村，早已形成了属于自己的腔调的声音，仿佛十里不同音的海盐方言。

夜晚，退潮的沙滩也并非荒凉，发亮的卵石保持着足够的耐心，等待着和它有着一样心境的人。过滤了喧嚣的海螺，仿佛被我吹弯了，无论遗失在什么地方，都有我迷恋的那种丰富的宁静。正是在那里，我看到了一个又一个日新月异的自然，一片能舒展自己的观察和思考的领地：海洋面对的永远是大陆，人面对的永远是人的生活。有时候，一个人和一草、一木、一石也没有什么不同，只有沉下心来，才能找到自己的位置，发现真实的自我。

一首敞开的诗，无意躲闪，也无力隐藏。就像地头鲜，那些丰富的细节，有着最好的气场和风水，暗藏着生活的某种真实，重构着难以捉摸的存在的意义。作为一个诗人，我唯一要做的，就是发现和感悟，用自己能够驾驭的语言，准确地还原自己的真实体验，揭示那被庸常生活遮蔽的美。感悟到的东西越多，文字里的光芒就越多、越复杂。

诗活在时间里，时间也活在诗里，我理解的一首好诗就是这样，带点儿质朴，带点儿奢侈，情感有根基，表达不空泛，有物的观照，更有思的深度，让那些经历的时光，以经验的形式，在灵魂的深处留下印记。正如晓明兄在序言中谈到的蒙塔莱的诗歌，他的遣词造句犹如镶嵌在色彩斑斓的马赛克中的玻璃体一般准确无误，将任何人工雕琢的痕迹一扫而光。蒙塔莱在获得诺贝尔文学奖时的答谢辞中如是说："有两种诗可以并存，一种是立即起作用，但很快趋于消失；而另一种可以长久默默无闻，但有一天它会醒来，若它有如此能力的话。"

感谢晓明兄对我的诗歌中肯精到的佳论。感谢我的大哥，多年来为我提供了良好的工作环境，让我有条件爱上了走向世界的旅行。感谢我的妻子，在繁重的税务稽查工作之余，承担起了全部家务，让我拥有了充裕的读书和创作的时间。感谢我的女儿，小小年纪就能在《小学生世界》发表文章，不断丰富的阅读量让她具备了很高的鉴赏力，时常作为第一个读者，对我的习作提出富有启发性的意见和建议。

好的诗歌是从心里流出来的，好的诗人眼里流淌的也应该是别人的泪水。我一直努力着，希望我的呼吸里有海盐的明净，充满海盐的味道。

2020 年 4 月 20 日于海盐